D0719661

Les Dents
de la forêt

Les Éditions du Boréal reconnaissent l'aide financière
du gouvernement du Canada par l'entremise du Programme
d'aide au développement de l'industrie de l'édition (PADIÉ)
pour ses activités d'édition et remercient le Conseil des Arts
du Canada pour son soutien financier.

Les Éditions du Boréal sont inscrites au Programme d'aide
aux entreprises du livre et de l'édition spécialisée de la SODEC
et bénéficient du Programme de crédit d'impôt
pour l'édition de livres du gouvernement du Québec.

Diffusion au Canada : Dimedia
Diffusion et distribution en Europe : Volumen

*Catalogage avant publication de Bibliothèque
et Archives nationales du Québec et Bibliothèque et Archives Canada*

Brière, Paule

   Les Dents de la forêt

   (Boréal Maboul)

   (Les Enquêtes de Joséphine la Fouine ; 9)

   Pour enfants de 6 ans et plus.

   ISBN 978-2-7646-0549-3

   I. Morin, Jean, 1959-   . II. Titre. III. Collection. IV. Collection :
Brière, Paule. Enquêtes de Joséphine la Fouine ; 9.

PS8553.R453D46   2007   jC843'.54   C2007-941832-5
PS9553.R453D46   2007

Les Dents de la forêt

texte de Paule Brière
illustrations de Jean Morin

Boréal Maboul

Le Chêne dit un jour au Roseau :
— Vous avez bien sujet d'accuser la nature ;
Un roitelet pour vous est un pesant fardeau…

Jean de La Fontaine

1

Tempête et catastrophe

C'est la tempête cette nuit dans la forêt de Lafontaine. Les nuages se chicanent et le ciel pleure à grosses larmes. Le grand chêne ne devrait pas bouger, mais avec les coups reçus dans la journée, son tronc affaibli vacille. Ses locataires s'inquiètent. Cacahouète Cureuil s'écrie :

— CRIIIC ! On se carapate avant que notre abri soit écrabouillé.

Son voisin Cabotin Cureuil demande :

— Pour courir nous cacher où ? CRIIIC !

Seul Hannibal Hibou garde confiance.

— Un chêne ne s'aplatit pas au premier coup de vent comme ces misérables roseaux. On dirait des paillassons où s'essuyer les pieds avant de plonger ! Voilà ce qui arrive à ceux qui prétendent se passer de la protection des arbres. Ils n'ont que ce qu'ils méritent. HOU !

Le chêne secoue alors ses branches comme s'il éclatait d'un grand rire. Ou comme s'il tremblait de peur… Confetti Cureuil se cramponne à son nid en rouspétant :

— Arrêtez ! La bourrasque nous brasse assez comme ça ! CRIIIC !

Mais l'arbre, pas plus que la tempête, ne cesse de s'agiter. Soudain,

CRRRAC PATATRAC, le tronc se fend d'un coup et, BOUM BADABOUM, le grand chêne s'étale au sol. Tous ses locataires à plumes et à poils sont entraînés dans sa chute. C'est la panique chez les écureuils ! Crépinette tâte sa tête et rouspète. Curcuma tâte son bras et s'apitoie. Croustille tâte sa cheville et s'égosille. Clafoutis tâte son nid et s'écrie :

— CRIIIC !

Et Hannibal Hibou ? Il a voulu s'envoler quand le chêne a commencé à tomber, mais il a reçu une grosse branche sur la tête et il s'est retrouvé à terre, complètement sonné. Il regarde la catastrophe en hululant bizarrement.

— BOUH ! CHOU ! POUH !

Et il grommelle des mots encore plus bizarres.

— Ce n'est pas nord miel. Il faut tisser cette affaire en l'air. Et je sais qui pourrira le flair. FOUH !

Alors le vieux hibou s'envole en zigzaguant dangereusement.

2

Écureuils en pagaille

Au petit matin, Hannibal Hibou revient, accompagné d'une grande fouine à casquette.

— YOUH ! les écarquilles, lance-t-il pour réveiller les écureuils. Voici Chosebine, la Fine. La meilleure détectring en vigne, à la camping et en montigne. Spécialités : colles, entêtements et malfaits en tout genre. FIOUH !

Concerto Cureuil s'écrie :

— Tu causes tout croche, Hibou ! CRIIIC !

Hannibal continue en expliquant :

— Notre chienne n'aurait pas dû bomber. Ce n'était pas un ogre à gant. Quinquin l'a trappé dans la fournée. SOUH !

Mouais… L'explication d'Hannibal n'est pas très claire. Joséphine la Fouine tente de décoder les étranges jeux de mots du hibou. Elle noircit son carnet de notes. Chienne = chien ou chêne ? Bomber = pomper ou tomber ? Ogre à gant = origan ou ouragan ? Trappé = traqué ou frappé ? Fournée = tournée ou journée ?

— J'ai trouvé ! s'écrie-t-elle enfin. Votre chêne n'aurait pas dû tomber. Ce n'était pas un ouragan. Quinquin l'a frappé dans la journée. Mais… qui est Quinquin ?

— CRIIIC ! Quelqu'un, explique Comique.

Joséphine ne comprend toujours pas.

— Bien sûr, c'est quelqu'un, s'impatiente-t-elle, mais qui ?

Les écureuils répondent n'importe quoi, pour s'amuser.

— Peut-être Quintet le criquet ? suggère Croquignole.

— Ou Krishna le koala ? propose Caramba.

— Non, lance Caoutchouc avec un clin d'œil, c'est Crincrin l'écureuil, CRIIIC !

Joséphine dresse l'oreille et ouvre l'œil.

— Crincrin ? demande-t-elle. Lequel est-ce ? Qu'il se montre ! Allez me le chercher !

Malgré leurs pattes éclopées et leurs têtes assommées, les écureuils ne peuvent pas résister à leur plus grand plaisir : la course poursuite.

Ils s'élancent et se pourchassent d'un arbre à l'autre. Ils se font des jambettes avec leurs béquilles et se lancent leurs bandages comme des lassos. Ils s'attrapent, se fuient et se rattrapent, en criant chacun leur tour :

— Crincrin, je te tiens ! CRIIIC !

Pourtant, chaque fois que Joséphine la Fouine réussit à en stopper un, il déclare :

— Erreur, moi, c'est Camembert Cureuil !

Ou Capucine. Ou Cumulus. Ou Croûton. Ou Cocorico. Ou Cracpote... La pauvre fouine ne sait plus où donner de la tête. Les écureuils sont bien trop nombreux ! Elle ne réussira jamais à trouver le suspect, encore moins le coupable. À moins que...

— Ça suffit ! s'écrie soudain la détective. Vous êtes trop nombreux, voilà le problème. Le chêne n'a pas supporté votre poids, sans parler de votre java, votre salsa, votre samba, votre rumba, votre polka…

Carmagnole Cureuil s'étonne :

— Notre quoi ? CRIIIC !

Joséphine rugit :

— Votre danse endiablée, bande d'excités ! C'est ça qui a tué votre chêne.

Les écureuils se figent comme des statues. Les voilà accusés !

Plus personne ne rigole. Par bonheur, Hannibal Hibou vient au secours de ses petits amis.

— OUCH ! Pas si bite, madame la Foulpine ! Les écrabouilles chinent ici depuis près bon temps et ils étaient rien temps quilles, la pluie derrière.

Cette fois, les écureuils ne se moquent pas du pauvre hibou. Cornemuse traduit :

— CRIIIC ! Les écrabouilles, c'est nous.

Calembour explique :

— On niche ici depuis très longtemps.

Cacatoès poursuit :

— Et on était bien tranquilles la nuit dernière. CRIIIC !

Hannibal conclut :

— Alors, ils ne font pour bien dans la jupe du gêne ! Quiqui l'a craqué dans la tournée.

Joséphine la Fouine marmonne :

— Pour rien dans la chute du chêne ? Ça, c'est vous qui le dites...

Alors Compère Cureuil ajoute :

— Le chêne est plus que notre maison. CRIIIC ! Il est aussi notre école, notre garde-manger et notre terrain de jeu. Toute notre vie en dépend !

Cette fois, la détective est convaincue : les écureuils ne sont pas coupables. Il faut chercher ailleurs. Mais où ?

3

Tête dure et pic-bois

Joséphine la Fouine se tortille le museau et se grattouille le chapeau du bout de son stylo. Va-t-elle examiner la victime avec sa loupe ? Suivre les traces avec son flair ? Harceler les habitants des bois avec ses questions ? Elle hésite encore lorsqu'un bruit perçant fait éclater le silence de la forêt : TAC-A-TAC-A-TAC !

Il n'en faut pas plus pour que la détective retrouve ses réflexes. Elle se précipite au sol en criant :

— Tous aux abris, on nous attaque, attaque, attaque !

— DOUH ! hulule le hibou. Ce n'est pas une casaque ! C'est un pic poc !

Joséphine traduit à toute vitesse :

— Ce n'est pas une heu… casquette, c'est un… pickpocket. Au voleur !

— Mais non, corrige Clopinette Cureuil. Ce n'est que notre copain, Éloi Lepic-Bois. CRIIIC !

Joséphine se relève et s'époussette en ronchonnant :

— Il en fait un boucan, votre copain !

Hannibal Hibou explique :

— Il berce le pois pour trousser à manquer, comme tous les pique-niques ! FROUH !

Joséphine note dans son carnet : Berce = bêche ou perce ? Pois = mois ou bois ? Trousser = tousser ou trouver ? Manquer = marcher ou manger ?

Elle lève le museau et dit en souriant :

— Pique-nique ? Facile ! C'est comme pic poc. Ça signifie pic-bois. Voyons ce qu'en dit la grande encyclopédie des oiseaux en vingt-six volumes.

Joséphine sort un livre de sa poche.

— J'ai justement apporté la lettre P, quelle chance !

Elle feuillette les pages en lisant lentement à haute voix comme un professeur qui fait la dictée :

— Pigeon… Perruche… Paon… Perdrix… Pélican… Perroquet… Pie… Pinson… Pingouin… Pic-bois, le voilà ! Oiseau des forêts qui se nourrit d'insectes en piquant l'écorce des arbres… Ah ! Ah ! s'écrie-t-elle en retrouvant son ton de détective. Piquer les arbres, voilà qui est suspect… Monsieur Lepic-Bois, approchez !

L'oiseau s'envole et vient se poser… sur la casquette de Joséphine ! La détective ne le voit plus et continue à l'appeler.

— Lepic-Bois, approchez, au nom de la loi !

Les écureuils voient très bien l'oiseau, eux. Mais ils ne peuvent pas résister au plaisir de reprendre leur course poursuite en criant :

— Lepic-Bois, on te tient ! CRIIIC !

Pourtant, chaque fois que Joséphine essaie d'attraper l'oiseau par les plumes, elle ne trouve que du poil d'écureuil.

— Ça suffit ! s'écrie-t-elle soudain. Cessez votre sarabande, votre farandole, votre cavalcade.

— Notre quoi ? demande Carnaval Cureuil.

— Votre course effrénée, bande d'énervés ! Vous avez fait fuir notre suspect. Bravo !

Hannibal Hibou corrige :

— Mais bon. Il est rat, le tic toi, sur votre pète !

Joséphine essaie de comprendre.

— Hein ? Quoi ? Je ne pète pas, moi ! Quel rat ? Où ça ? demande-t-elle en tournant la tête de tous les côtés.

Éloi Lepic-Bois n'apprécie pas ces tours de manège. Il pique la casquette de la détective : TOC-O-TOC-O-TOC !

— Entrez ! crie Joséphine, étourdie par ces coups sur son crâne.

L'oiseau soulève alors la casquette et se cache dessous, à la grande joie des écureuils. Joséphine sent des picotements sur sa tête. Elle enlève vivement sa casquette et attrape le pic d'un coup de patte avant même qu'il ne pense à s'envoler.

— Cette fois, je te tiens, espèce de pic à la noix. Finie la rigolade ou je vous accuse tous d'entrave à la justice !

L'air innocent, Éloi répond :

— Sauf vo-toc-toc, votre respect, madame la détec-tic-tic, la détective. C'est vous qui m'avez demandé d'approcher.

Joséphine précise :

— D'approcher, oui. Pas de vous jucher sur mon couvre-chef. Encore moins de me picoter le chef ! Au nom de la loi, je vous accuse d'avoir percé ce chêne jusqu'à ce que mort s'en suive.

— Percé cet-tac-tac, cet arbre à mort ? s'étonne le pic bois. Vous plaisan-tec-tec, plaisantez ou quoi ? Mon bec est bien trop pe-tic-tic, petit.

Le hibou approuve :

— NOUH ! Un zizi toiseau ne peut pas coûter un zizi grand érable ! Quoiquoi de bain plus tort l'a râpé.

Joséphine traduit :

— Un si petit oiseau ne peut pas couper un si grand arbre, dites-vous. Ça reste à voir. Il est temps que j'examine ce grand érable.

Euh... ce grand orme. Euh... ce grand frêne. Euh... ce grand chêne, voilà. Nous verrons bien si quelqu'un d'autre s'y est attaqué.

4

Rongeurs à la ronde

Joséphine la Fouine sort sa loupe, elle consigne ses observations dans son précieux carnet et conclut :

— Il y a cent soixante-douze trous sur les branches mortes, trente-quatre sur les branches saines et seize sur le tronc, tous bien plus hauts que la cassure. Les trous ne peuvent donc pas avoir causé le décès du chêne.

— Ça veut-tic-tic, ça veut-il dire que je suis libre, madame la détec-tic-tac-toc ? demande Éloi Lepic-Bois.

La détective se gratte la casquette à la recherche d'une idée pour coincer cet oiseau moqueur. Comme elle ne trouve rien, elle n'a plus qu'à se débarrasser de lui.

— Ouste ! lance-t-elle. Vous êtes libre, oui, libre de disparaître au plus vite avant que je change d'idée.

Alors que le pic-bois s'éloigne, le hibou s'approche.

— ROUH ! Avez-vous trompé d'autres indiques ? demande-t-il.

— D'autres indices ? Mais bien sûr ! J'ai trouvé des marques de grands coups tout autour du tronc à un mètre du sol.

Cavalier Cureuil s'exclame, un sourire au coin des yeux :

— CRIIIC ! Vous arrivez à voir les traces

des coups de vent ? Vous êtes vraiment la meilleure !

Joséphine sent bien qu'on se moque d'elle encore une fois. Elle grommelle :

— Pas des coups de vent, des coups de dents, petit insolent. Reste à savoir les dents de qui ? De fameux rongeurs, sûrement…

À ces mots, la fouine lance un regard soupçonneux vers la dentition bien aiguisée des écureuils.

— CRIIIC ! s'inquiète Cocktail Cureuil. Vous ne croyez quand même pas que nous avons croqué cet énorme tronc avec nos petites dents toutes riquiqui ?

Joséphine sait bien qu'un écureuil peut croquer une tonne de glands, sans doute aussi quelques branches en passant. Mais un chêne au complet ? Jamais !

— Alors, trouvez-moi tous les autres rongeurs à la ronde, ordonne-t-elle.

Il n'en faut pas plus pour que la bande reparte à la course en criant :

— Rongeur, on te tient ! CRIIIC !

Cette fois, la détective laisse les écureuils se démener sans essayer de les intercepter. Ils mettent la forêt sens dessus dessous pour lui présenter des rongeurs de tous poils : mar-

motte, tamia, souris, mulot, rat musqué, lemming, porc-épic, castor… Pendant ce temps, Joséphine demande au hibou de lui apporter des branches de chêne.

— Des tranches de traîne ? répond Hannibal. Tout de fuite, chère Jotétine.

Chaque rongeur est ensuite invité à mordre dans une branche. À la fin, la détective peut comparer les traces de dents de chaque animal avec les marques laissées sur le tronc. Les petits rongeurs aux dents fines sont tout de suite éliminés. Seuls Patrick Port-Képic et Luca Store restent suspects. Tout tremblant, le porc-épic avoue :

— Il m'arrive de cro-croquer des éco-corces à l'oca-casion. Mais je ne cou-coupe jamais les ar-arbres au com-complet !

— Et vous, demande Joséphine au castor, qu'avez-vous à dire pour votre défense ?

Luca Store répond, sûr de lui :

— Tous les castorrrs coupent des arrrbrrres pour constrrruirrre leurrr cabane.

— Ah ! Ah ! lance la fouine, pensant tenir enfin son coupable.

Luca poursuit sans s'émouvoir :

— Mais nos dents ne sont ni des haches ni des scies. Alorrrs, nous ne taillons que de petits trrroncs.

La détective ne croit pas à la défense du castor. Elle suggère une autre explication :

— Je comprends que vous n'avez pas pu venir à bout de ce chêne tout seul. Mais il y a sûrement d'autres castors dans les environs. Conduisez-moi tout de suite à vos complices, ordonne la fouine.

— Complices, on vous tient ! CRIIIC ! crient les écureuils.

— Touche à la rizière ! ZOUH ! lance le hibou.

Arrivés à la rivière, tous aperçoivent une petite cabane. Joséphine sort sa loupe pour en observer la composition. À l'extérieur : des dizaines de branches de bouleaux cimentées avec de la boue. À l'intérieur : trois boules de fourrure pataugeant dans la boue.

— Je vous prrrésente ma famille, dit Luca Store. Voici ma compagne Érrrica et nos jumeaux nouveaux-nés, Mika et Nika.

La maisonnette est si modeste qu'elle tiendrait au complet à l'intérieur du chêne. Et la famille est si jeune qu'elle ressemble plus à une pouponnière qu'à une équipe de construction.

— CROUH ! Il y a peu pète un garage plus coin, suggère Hannibal Hibou.

Luca Store répond :

— Ni garrrage, ni barrrrage. Nous sommes les seuls castorrrs dans les parrrages.

Joséphine sort quand même ses jumelles pour inspecter la rivière. Elle voit un rapide et deux îlots, trois rameurs et quatre canots, cinq quenouilles et six roseaux, sept grenouilles et huit poissons sous l'eau. Mais de barrage, zéro.

— Parrr contrrre, ajoute le castor, si vous cherrrchez un voleurrr de bois, vous devrrriez inspecter mon chantier de coupe. Plusieurrrs trrrroncs ont disparrru rrrécemment.

5

Petits troncs et grosses traces

Joséphine la Fouine suit Luca Store jusqu'à son chantier. Elle compte le nombre de souches coupées : une bonne quinzaine, tous de jeunes chênes. Elle note le nombre de troncs entassés au sol : trois érables. Joséphine gribouille de savants calculs. 15 x 3 = 45 ? 15 ÷ 3 = 5 ? 15 + 3 = 18 ? 15 − 3 = 12 ?

— J'ai trouvé ! s'exclame Joséphine. Il manque douze chênes.

— Et alors ? CRIIIC ! demande Culbuto Cureuil.

— Alors ? Euh... quelqu'un s'intéresse aux chênes, répond Joséphine, sans tirer de conclusions plus utiles.

Soudain, Hannibal attire l'attention de la détective sur les traces étranges qui marquent le sol de la clairière. Joséphine sort sa loupe et suit la piste en zigzaguant entre les souches.

— Bizarre, marmonne-t-elle. Quel genre d'animal peut bien laisser des traces aussi longues et aussi parallèles ?

— Peut-êtrrre des mille-pattes ? suggère Luca Store.

— Je dirais même un mille-pattes géant ! ajoute la détective. Mais il y a un problème...

Joséphine la Fouine a beau se gratter le museau, la casquette et les deux oreilles, elle

ne trouve aucune explication scientifique à ce qu'elle voit. Perdue dans ses réflexions, elle entend soudain un bruit étrange. Elle cesse aussitôt de se gratter, mais le bruit continue. C'est un grondement sourd qui semble venir de la terre. Le grondement d'un animal lourd comme un éléphant qui ramperait au sol comme une chenille.

41

— Au secourrrs ! Les mille-pattes arrri-vent ! s'écrie Luca Store.

— Mais les mille-pattes géants, ça n'existe pas ! s'exclame la détective.

Luca reste sourd à la logique de Joséphine. N'écoutant que son cœur de père, il s'enfuit vers la rivière pour s'assurer que Érica et les petits sont hors de danger.

La curiosité des écureuils est plus forte que leur peur. Quant à Hannibal, il n'a ja-

mais craint les bêtes qui rampent au sol. Il peut toujours leur échapper par la voie des airs.

— LOUH ! hulule-t-il. Ça s'habite très du gland chaise !

Le hibou s'envole alors vers ce qui s'agite près du grand chêne. Les écureuils s'y précipitent aussi. La fouine suit aussi vite que ses jambes le lui permettent, pressée d'arriver au lieu du crime avant que la mystérieuse bête n'ait disparu encore une fois. Malheureusement, en plus de laisser de grandes traces et de faire grand bruit, la bête se déplace aussi à grande vitesse. Lorsque Joséphine la Fouine arrive au chêne, il n'y a plus de chêne ! Il n'y a qu'un grand vide grouillant d'écureuils horrifiés. Et au-dessus du grand vide, il y a un hibou qui crie :

— PROUH ! Ils font par ci par là, cuisez-moi !

Joséphine traduit à sa manière :

— Ils sont partis par là, je les suis. Vous, les écureuils, vous restez ici.

6

Bûcherons en punition

Quelques instants plus tard, lorsque Joséphine la Fouine et Hannibal Hibou reviennent, juchés sur un gros tracteur, il n'y a plus un seul écureuil. Cette fois, ils se sont tous réfugiés dans les hautes branches des arbres environnants. La détective éteint le moteur de son tracteur. Le grondement de mille-pattes géant s'arrête aussitôt. Hannibal et Joséphine appellent :

— YOUHOU ! Y a belle queue ?

— Voulez-vous voir les coupables ?

Les écureuils réapparaissent, comme si la

fouine avait prononcé une formule magique.
Tous les autres animaux à bec ou à dents en
font autant.

— YOUHOU ! Y a belle queue ?

— Voici le mille-pattes géant, commence
la détective.

— OURGH ! s'étrangle Hannibal Hibou. Ce n'est pas un mince tappe, c'est un traque peur !

Joséphine poursuit :

— Un tracteur qui transporte du bois. Comme vous pouvez le constater, le grand chêne est attaché derrière avec une grosse chaîne.

Le hibou est un peu emmêlé. Il marmonne :

— Grande scène ? Grosse chienne ? GROUH !

La fouine enchaîne :

— Mais un tracteur ne peut pas couper du bois tout seul. Comme vous le voyez également, deux humains sont aussi attachés derrière.

— Deux mains ? MOUH ! s'étonne Hannibal Hibou.

La détective continue :

— Deux humains de la détestable race des bûcherons braconniers, voleurs de bois précieux et pirates de forêt. Et paresseux en plus ! Ils se contentent d'affaiblir les arbres à la hache, puis ils laissent le vent finir le travail. Si on les laisse en liberté, toute la région sera bientôt dévastée, inondée, détruite et remplacée par une méga-giga-centrale-hydro-électro-magnétique.

— Pas du tout, réplique un bûcheron pirate. On veut seulement construire un château de chênes.

— HOU ! CHOU ! BOUH ! hulule le hibou alarmé.

— CRIIIC ! CRAAAC ! CROOOC !
crient les écureuils horrifiés.

La détective savoure son effet avant de
poursuivre.

— Vous auriez dû me dire quelle sorte de
quelqu'un s'était attaqué à votre chêne avant
la tempête, j'aurais tout de suite su où chercher.

— Mais c'est votre trouvaille de trousser
ce quand-quand ! s'indigne Hannibal
Hibou. Quand ça trappe, nous, on se
crache !

La fouine note rapidement : trouvaille = travail, trousser = trouver, trappe = tape, crache = cache. Mais qui est Quand-quand ? Ah ! tant pis ! La détective en a assez de décoder le charabia de ce drôle d'oiseau. Elle a plus important à faire et à dire.

— Au nom de la loi de la nature, messieurs, je vous arrête. Comme je suis bien gentille, je vous laisse le choix de la punition.

Vous pouvez remettre tout le bois volé et planter de jeunes arbrisseaux pour regarnir la forêt.

Les bandits regardent leurs pieds en soupirant. Devant tant d'enthousiasme, Joséphine ajoute :

— Sinon, vous irez réfléchir au fin fond du désert. Et ne vous avisez pas de couper les palmiers des oasis ! Je transmettrai votre dossier à mon collègue Farouk le Fennec. Il vous aura à l'œil…

Les écureuils bombardent les malfaiteurs de glands en criant :

— Crapules ! On vous tient. CRIIIC !

— Et voilà, conclut Joséphine. C'est ainsi que se termine une autre enquête de Joséphine la Fouine, la meilleure détective en ville, à la campagne et en montagne. Pour vous servir, messieurs, dames !

— BROUH ! Étampez ! s'écrie Hannibal Hibou. Et moi, mon cerceau est tout œufs brouillés depuis que j'ai revu un trop doux sur l'arrête.

Joséphine se gratte la casquette un moment, puis elle répond :

— Un gros coup sur la tête vous a embrouillé le cerveau ? Plusieurs petits coups devraient vous le débrouiller. Demandez donc au pic-bois de vous soigner !

L'énigme de Joséphine

La provision de glands des écureuils a disparu. Qui les a volés et où les a-t-il cachés ? Développe tes talents de détective en aidant Joséphine la Fouine à résoudre cet autre mystère.

Suspects

Luca Store

Anita Mia

Patrick Port-Képic

Mariette Marmotte

Indices

1. Le voleur ne sait pas nager.
2. Le voleur a une fourrure douce.
3. Le voleur a peur du noir.
4. Le voleur est une voleuse.

Solution _ _ _ _ _ _ _ _

Tu sais maintenant qui a volé les glands. Pour trouver ses cachettes, barre tous les noms d'arbres et d'arbustes dans lesquels tu lis la même lettre deux fois ou plus.

Amélanchier	Cerisier
Bouleau	Chêne
Cèdre	Épinette

Érable

Frêne

Genévrier

Marronnier

Mélèze

Noisetier

Orme

Peuplier

Pommier

Sapin

Saule

Sorbier

Tilleul

Thuya

Vinaigrier

Les Éditions du Boréal
4447, rue Saint-Denis
Montréal (Québec) H2J 2L2
www.editionsboreal.qc.ca

MISE EN PAGES ET TYPOGRAPHIE :
LES ÉDITIONS DU BORÉAL

ACHEVÉ D'IMPRIMER EN OCTOBRE 2007
SUR LES PRESSES DE L'IMPRIMERIE GAUVIN
À GATINEAU (QUÉBEC).